Un personnage de Thierry Courtin
Couleurs : Sophie Courtin

Loi n° 49-956 du 16 juillet 1949
sur les publications destinées à la jeunesse.

ISBN : 978-2-09-202046-3
N° d'éditeur : 10193048
Dépôt légal : janvier 2013
Imprimé en Italie

T'choupi
est malade

Illustrations
de Thierry Courtin

– Debout T'choupi !
Il est l'heure de se lever.
– Oh non, maman !
je suis trop fatigué.
Je reste au lit, aujourd'hui.

– Qu'est-ce qui t'arrive,
mon T'choupi ?
Tu es malade ?
– J'ai mal à la tête,
dit T'choupi. Et je tousse
aussi.

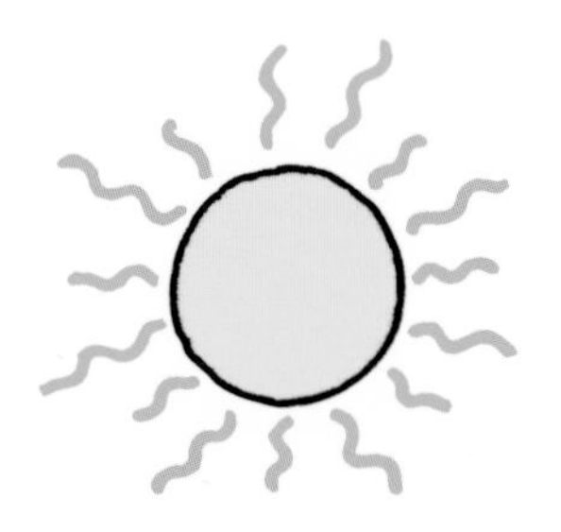

– Oh ! mais oui,
tu es chaud. Je vais
tout de suite appeler
le docteur.
– Oh non ! j’ai pas envie.
Ça va mieux, dit T’choupi.

– T’choupi, quand on est malade, il faut se soigner. Et le docteur est très gentil. Tu le connais.

– Ah ! le voilà déjà.
– Bonjour T'choupi.
Alors, dis-moi, qu'est-ce
qui t'arrive ?
– Rien, dit T'choupi.
Je vais très bien.

– Tu as pourtant l'air
fatigué. Ouvre bien
la bouche.
– Aaahhh..., fait T'choupi.
– Ta gorge est rouge,
dit le docteur.

– Ouh ! c'est froid,
dit T'choupi.
Il respire bien fort et
ça le fait tousser encore.

– Bon, dit le docteur,
il faut te reposer un peu
et surtout bien prendre
tes médicaments.
– Beurk, c'est pas bon,
dit T'choupi.

– Un câlin, maman !
– Oh oui, mon petit malade.
On va rester bien au chaud
tous les deux. Et je vais
te préparer un bon
chocolat.

– Ouh là là ! maman,
je crois que Doudou
est malade lui aussi !
– Vivement que tu sois
guéri pour bien t'occuper
de lui.